AF328266

NOUVEAU THEATRE ITALIEN.

ARLEQUIN SAUVAGE

COMÉDIE,

Par le Sieur DELISLE.

Représentée pour la premiere fois par les Comédiens Italiens ordinaires du Roi, le 17. Juin 1721.

A PARIS,

Chez BRIASSON, rue Saint Jacques, à la Science.

A ij

ACTEURS

de la Comédie.

LÉLIO, Amant de Flaminia.

MARIO, autre Amant de Flaminia.

PANTALON, Pere de Flaminia.

FLAMINIA, Amante de Lélio.

VIOLETTE, suivante de Flaminia.

ARLEQUIN, Sauvage.

SCAPIN, Valet de Lélio.

Un MARCHAND.

Un PASSANT.

L'HYMEN,

L'AMOUR.

TROUPE d'Amours.

TROUPE de Plaisirs.

TROUPE d'Archers.

La Scene est à Marseille.

ARLEQUIN
SAUVAGE

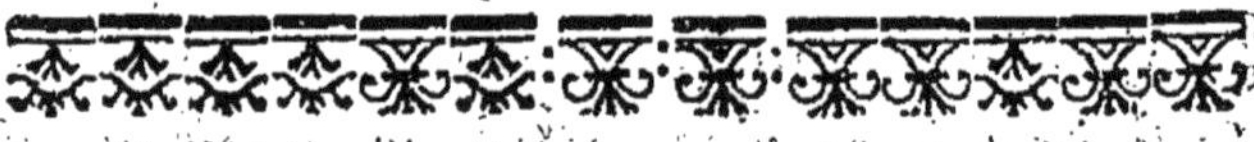

ACTE PREMIER.

SCENE PREMIERE.

LÉLIO, SCAPIN.

LÉLIO.

A S-tu tout préparé pour mon départ?

SCAPIN.

La Felouque est arrêtée, & vous pourrez partir demain à l'heure que vous voudrez.

LÉLIO.

Je prétends que le jour ne me retrouve pas dans Marseille : tous les momens que je passe loin de Flaminia, me semblent des siécles; & je me livrerois avec plaisir à la

Arlequin Sauvage.　　　A iij

fureur des tempêtes, si elles me pouſſoient
vers cette belle avec plus de rapidité.

SCAPIN.

Laiſſons-là les tempêtes, c'eſt une voi-
ture trop incommode ; l'expérience que
nous en avons faite dans notre naufrage,
ne doit nous laiſſer aucune tentation
pour leurs ſecours. Conſultez un peu votre Sauvage ſur cela.

LÉLIO.

Il eſt vrai que ſa frayeur étoit grande,
& ſi j'avois pû rire dans le péril où nous
étions, je me ſerois diverti de ſa colere, &
des injures qu'il me diſoit à cauſe du danger où je l'avois expoſé.

SCAPIN.

Il fut pourtant le moins embarraſſé ; dès
que le vaiſſeau fut échoué, il n'attendit
pas la chaloupe pour ſe ſauver, mais il ſe
jetta à la nage, & fut le premier hors de
danger, ſans s'embarraſſer de ceux qu'il
y laiſſoit.

LÉLIO.

A propos d'Arlequin, où l'as-tu laiſſé?

SCAPIN.

Il eſt dans l'admiration de tout ce qu'il
voit, & vous ririez de ſon étonnement.

LÉLIO.

Je l'imagine aſſez ; c'eſt pour m'en mé-
nager le plaiſir, que j'ai défendu de l'in-

ftruire de nos coûtumes. La vivacité de
fon efprit qui brilloit dans l'ingénuité de
fes réponfes, me firent naître le deffein
de le mener en Europe avec fon ignorance : je veux voir en lui la nature toute
fimple oppofée parmi nous aux Loix, aux
Arts & aux Sciences ; le contrafte fans
doute fera fingulier.

S C A P I N.

Des plus finguliers !

L É L I O.

Va tout préparer pour demain ; je vais
chercher dans cette campagne un homme avec qui j'ai quelques affaires.

SCENE II.

MARIO, LÉLIO.

MARIO.

JE commence à croire férieufement,
que les mariages font écrits dans le
Ciel, & qu'ils s'accompliffent fur la
terre. A peine Flaminia eft dans cette
Ville, que je l'aime. Je parle, & fon pere me l'accorde : voilà mener les chofes
du bon pied. Mais que vois-je ! N'eft ce
pas Lélio ? Oui, c'eft lui-même. Seigneur Lélio ?

A iiij

LÉLIO.

Ah ! mon cher ami, est-ce vous ?

MARIO.

Je suis charmé de vous voir ; personne n'a pris plus de part à votre malheur que moi. Pardonnez à mon empressement ; votre naufrage a-t-il été aussi funeste à votre fortune que l'on me l'a écrit d'Espagne ?

LÉLIO.

J'y devois tout perdre ; mais heureusement j'ai retrouvé ce que j'avois de plus précieux , & ce que j'y ai perdu n'est pas considérable.

MARIO.

Voilà la nouvelle du monde qui pouvoit le plus me flatter , & je vous en félicite de tout mon cœur. Mais par quelle aventure êtes-vous dans cette Ville ?

LÉLIO.

Par l'impatience de voir un objet aimable qui m'appelle en Italie. Je l'aimois avant mon voyage , le pere me l'avoit accordée , & nous étions sur le point d'être heureux, lorsque je me vis obligé d'aller aux Indes , pour y recueillir une riche succession. Comme je trouvai les choses en regle , j'eus bien-tôt fini mes affaires : je partis : j'ai fait naufrage sur la côte d'Espagne. Après en avoir ramassé les débris, & donné ordre à quelques affaires, je me suis embarqué sur un vaisseau de cette Ville, pour passer d'ici en Italie.

MARIO.

Je suis charmé de tout ce que vous me dites. Pour vous rendre confidence pour confidence, je vous dirai que je suis amoureux aussi, & que je vais me marier.

LÉLIO.

Comme je suis persuadé que vous faites un choix digne de vous, je vous en félicite de tout mon cœur.

MARIO.

La personne est aimable, riche, & d'un bon caractere.

LÉLIO.

C'est tout ce que l'on peut souhaiter. Est-elle de cette Ville ?

MARIO.

Non, elle est Italienne; c'est la fille d'un de mes amis. Des affaires importantes l'ont appellé ici, où il est depuis quinze jours avec cette aimable personne. Comme il est logé chez moi, j'ai eu occasion de la voir souvent : elle m'a plû, je l'ai dit au pere, il me l'accorde ; voilà en deux mots toute mon histoire.

LÉLIO.

Je souhaite que la possession de cette charmante personne, & le temps que vous aurez de vous mieux connoître, ne fasse qu'augmenter vos feux.

MARIO.

J'espere d'être heureux avec elle. Mais vous me ferez bien l'honneur d'assister à ma noce.

LÉLIO.

Je m'y convierois de moi-même si je pouvois. Vous aimez, & vous connoissez l'inquiétude des Amans, lorsqu'ils sont éloignés de ce qu'ils aiment ; ainsi je n'ai besoin que de mon amour pour me justifier auprès de vous : j'ai quelques affaires dans cette Ville, auxquelles il faut que je donne ordre, & je parts demain. Adieu, je suis obligé de vous quitter ; j'aurai l'honneur de vous embrasser chez vous avant que de partir.

MARIO.

Je suis fâché de ne pouvoir pas vous arrêter, mais il faut vous laisser libre. Adieu.

SCENE III.

LÉLIO, ARLEQUIN.

LÉLIO.

ALlons ; mais voilà Arlequin.

ARLEQUIN.

Les sottes gens que ceux de ce Pays! les uns ont de beaux habits qui les rendent

fiers; ils levent la tête comme des Autru-
ches ; on les traîne dans des cages , on
leur donne à boire & à manger, on les
met au lit, on les en retire ; enfin on di-
roit qu'ils n'ont ni bras ni jambes pour
s'en servir.

LÉLIO.

Le voilà dans les réflexions : il faut que
je m'amuse un moment de ses idées. Bon
jour, Arlequin.

ARLEQUIN.

Ah ! te voilà : bonjour , mon ami.

LÉLIO.

A quoi penses-tu donc?

ARLEQUIN.

Je pense que voici un mauvais Pays, &
si tu m'en crois , nous le quitterons bien
vîte.

LÉLIO.

Pourquoi ?

ARLEQUIN.

Parce que j'y vois des Sauvages info-
lens qui commandent aux autres, & s'en
font servir ; & que les autres, qui font en
plus grand nombre , font des lâches , qui
ont peur , & font le métier des bêtes : je
ne veux point vivre avec de telles gens.

LÉLIO.

Tu loüeras un jour ce que ton ignorance te fait condamner aujourd'hui.

ARLEQUIN.

Je ne fçais: mais vous me paroiffez de fots animaux.

LÉLIO.

Tu nous fais beaucoup d'honneur. Ecoute : tu n'es plus parmi des Sauvages qui ne fuivent que la nature brute & groffiere, mais parmi des Nations civilifées

ARLEQUIN.

Qu'eft-ce que cela, des Nations civilifées ?

LÉLIO.

Ce font des hommes qui vivent fous des Loix.

ARLEQUIN.

Sous des Loix ! Et quels Sauvages font ces gens-là ?

LÉLIO.

Ce ne font point des Sauvages , mais un ordre puifé dans la raifon , pour nous retenir dans nos devoirs , & rendre les hommes fages , & honnêtes gens.

ARLEQUIN.

Vous naiffez donc fous & coquins dans ce pays ?

LÉLIO.

Pourquoi le penfes-tu ?

ARLEQUIN.

Il n'eft pas bien difficile de le deviner. Si vous avez befoin de Loix pour être fages & honnêtes gens, vous êtes fous & coquins naturellement ; cela est clair.

LÉLIO.

Bon : nous naissons avec nos défauts comme tous les hommes ; la raison seule soûtenue d'une bonne éducation, peut les réformer.

ARLEQUIN.

Vous avez donc de la raison ?

LÉLIO.

Belle demande ! sans doute.

ARLEQUIN.

Et comment est faite votre raison ?

LÉLIO.

Qne veux-tu dire ?

ARLEQUIN.

Je veux sçavoir ce que c'est que votre raison.

LÉLIO

C'est un lumiere naturelle qui nous fait connoître le bien & le mal , & qui nous apprend à faire le bien & à fuir le mal.

ARLEQUIN.

Eh mor-non de ma vie , votre raison est faite comme la nôtre !

LÉLIO.

Apparemment, il n'y en a pas deux dans le monde.

ARLEQUIN.

Mais puisque vous avez de la raison,

pourquoi avez-vous besoin de Loix; car si la raison apprend à faire le bien & à fuir le mal, cela suffit; il n'en faut pas davantage.

LÉLIO.

Tu n'en sçais pas assez pour comprendre l'utilité des Loix: elles nous apprennent à faire un bon usage de la vie pour nous & pour nos freres; l'éducation que l'on nous donne, nous rend plus aimables à leur égard. Si nous leur offrons quelque chose, nous l'accompagnons de complimens & de politesses qui donnent un nouveau prix à la chose.

ARLEQUIN.

Cela est drôle. Fais-moi un peu un compliment, afin que je sçache ce que c'est.

LÉLIO.

Supposons que je te veux donner à dîner.

ARLEQUIN.

Fort bien.

LÉLIO.

Au lieu de te dire grossierement : Arlequin, viens dîner avec moi ; je te salue poliment , & je te dis : mon cher Arlequin , je vous prie très-humblement de me faire l'honneur de venir dîner avec moi.

ARLEQUIN.

Mon cher Arlequin, je vous prie très-
humblement de me faire l'honneur de
venir dîner avec moi. Ah, ah, ah! la
drôle de chose qu'un compliment!

LÉLIO.

Vous ne ferez pas traité auffi-bien que
vous le meritez.

ARLEQUIN.

Cela me vaut rien: ôte le ton de compliment.

LÉLIO.

Je voudrois bien vous faire meilleure
chere.

ARLEQUIN.

Eh bien, fais-la moi meilleure, & laif-
fe tout ce difcours inutile.

LÉLIO.

Ce que je te dis n'empêche pas que je
ne te faffe bonne chere; ce n'eft que
pour te faire comprendre que je t'aime
tant, & que mon eftime pour toi eft fi
forte, que je ne trouve rien d'affez bon
pour toi.

ARLEQUIN.

Tu me crois donc bien friand? Allons;
je te paffe le compliment, puifqu'il n'empêche point que tu me me faffe bonne
chere; quoiqu'à te parler franchement,
j'aurois bien autant aimé que tu m'euf-

ſes dit ſans façon, que tu me vas
bien traiter.

LÉLIO.

C'eſt-là le moindre avantage que l'é-
ducation produit chez les hommes.

ARLEQUIN.

A te dire la vérité, je trouve cet
avantage bien petit.

LÉLIO.

Elle nous rend humains & charitables.

ARLEQUIN.

Bon cela.

LÉLIO.

Elle nous fait entrer dans les peines
d'autrui.

ARLEQUIN.

Bon cela.

LÉLIO.

Elle nous engage à prévenir leurs beſoins.

ARLEQUIN.

Cela eſt excellent.

LÉLIO.

A protéger l'innocence, à punir les vi-
ces. C'eſt par elle que dans ce pays on
trouve à ſa porte tout ce dont on a be-
ſoin, ſans ſe donner la peine de l'aller
chercher : on n'a qu'à parler, & ſur le
champ on voit cent perſonnes qui cou-
rent pour prévenir vos beſoins.

ARLEQUIN.

ARLEQUIN.

Quoi ! l'on vous apporte ici tout ce
que vous demandez pour vous épargner
la peine de l'aller chercher vous-même ?

LÉLIO.

Sans doute.

ARLEQUIN.

Je ne m'étonne donc plus si tu fais si
bonne chere, & je commence à voir que
dans le fond vous ne valez rien, mais que
les Loix vous rendent meilleurs & plus
heureux que nous ; puisque cela est ainsi,
je te suis bien obligé de m'avoir mené dans
ton pays ; pardonne à mon ignorance : tu
vois bien qu'à voir tout ce que vous faites,
je ne pouvois pas m'imaginer que vous
fussiez si honnêtes gens.

LÉLIO.

Je le sçai. Retourne au logis : je te dirai le reste une autre fois.

SCENE IV.

ARLEQUIN.

ARLEQUIN.

CE Pays-ci est original ! qui diable auroit jamais déviné qu'il y eût eu des
hommes dans le monde qui eussent besoin de Loix pour devenir bons ?

SCENE V.

PANTALON, FLAMINIA, VIOLETTE, ARLEQUIN.

PANTALON.

Que dites-vous de ce pays-ci, ma fille ?

FLAMINIA.

Qu'il est charmant, mon Pere.

PANTALON.

Aimeriez-vous à y rester ?

FLAMINIA.

Beaucoup, mon pere.

PANTALON.

Eh bien, vous y resterez : notre Hôte le Seigneur Mario vous aime, il vous demande en mariage, & je vous ai promise.

FLAMINIA

Ciel ! que m'apprenez-vous ? Et Lélio ?

PANTALON.

Il le faut oublier ; il a perdu son bien par un naufrage, & son état ne vous permet plus de penser à lui, ni lui à vous.

FLAMINIA.

Et qu'importe de son état, s'il m'aime toûjours, & s'il est toûjours aimable ? Il peut avoir perdu son bien, mais son mérite lui reste.

PANTALON.

C'est perdre son mérite que de perdre son bien.

FLAMINIA.

Oui, pour une autre ame que pour la mienne. Si ses malheurs sont vrais, ils me donneront le plaisir de le retirer des mains de la mauvaise fortune, pour lui rendre par celles de l'amour ce que la tempête lui a ravi.

PANTALON.

Consultez moins votre cœur que votre raison, ce n'est que d'elle dont vous avez besoin aujourd'hui.

FLAMINIA.

Mon cœur & ma raison sont d'accord.

Arlequin pendant cette Scene se promene sur le Théatre, & va donner dans le nez de Pantalon.

ARLEQUIN.

Oh, le plaisant animal ! je n'en ai jamais vû comme celui-là. Ah, ah, ah, la ridicule figure !

PANTALON.

Qui est cet impertinent ?

ARLEQUIN à *Flaminia.*

Dis-moi, comment appelles-tu cette bête-là ?

FLAMINIA.

Vous êtes un insolent. C'est un homme respectable, qui vous fera rouer de coups, si vous n'y prenez garde.

ARLEQUIN.

Lui, un homme ? ah, ah, ah, la drôle de figure ! Dis-moi, Barbette, de quelle diable d'espece es-tu donc ? car je n'ai jamais vû d'hommes ni de bêtes faits comme toi.

PANTALON.

Maraut, si tu ne te retires, tu pourras bien avec ta Barbette t'attirer une volée de coups de bâton.

ARLEQUIN *à part.*

Quels diables de gens sont donc ceux-ci ? ils se fâchent de tout. *haut.* Je t'appelle Barbette, parce que tu as un barbe longue, longue.

VIOLETTE.

Ne lui faites point de mal, Monsieur, ne voyez-vous pas que c'est un pauvre innocent ?

ARLEQUIN.

Elle est bonne, celle-là, elle sçait apparemment mieux les Loix que les autres.

FLAMINIA.

Le pauvre homme a l'esprit troublé.

ARLEQUIN.

Vous en avez menti : je suis un homme
sage, un ignorant à la vérité, un âne,
une bête, un sauvage, qui ne connoît
point de Loix ; mais d'ailleurs un très-
galant homme, plein d'esprit & de mérite.

FLAMINIA.

Je le crois, mon ami. Cet homme-là
me fait peur.

PANTALON.

Un uomo savio, de spirito, un ignorante,
un asino, una bestia, ma pur nomo de grand
mérito, ah, ah, ah!

FLAMINIA.

Il y a quelque chose de singulier en
lui. Ecoute, mon ami, de quel pays
es-tu ?

ARLEQUIN.

Moi ? je suis d'un grand bois où il ne
croît que des ignorans comme moi, qui
ne sçavent pas un mot de Loix ; mais qui
sont bons naturellement. Ah, ah ! nous
n'avons pas besoin de leçons, nous autres, pour connoître nos devoirs ; nous
sommes si innocens, que la raison seule nous suffit.

FLAMINIA.

Si cela est, vous en sçavez beaucoup,
mais comment êtes-vous venu ici ?

ARLEQUIN.

Je suis venu dans un grand canot long, long…. pouf, il étoit long comme le diable, nous y étions moi & puis le Capitaine, & puis trois autres Nations que l'on appelle les Matelots, les Soldats & les Officiers.

FLAMINIA.

Sa simplicité est extrême : c'est un Sauvage, comme il le dit, qui ne sçait rien encore de nos mœurs.

ARLEQUIN.

Oh pour cela pas un mot : tout ce que je sçai, c'est que vous naissez fous & coquins, mais que les Loix vous rendent sages & honnêtes gens. C'est le Capitaine qui me l'a appris ; il les sçait bien lui ? les Loix. Les sçais-tu bien aussi-toi ?

FLAMINIA.

Sans doute.

ARLEQUIN.

Tu es donc de ces honnêtes filles qui offrent aux passans ce qui leur fait plaisir ?

FLAMINIA.

Tu me fais bien de l'honneur.

ARLEQUIN.

Je crois que cette Grace-là les sçait mieux que toi.

FLAMINIA.

Pourquoi ?

ARLEQUIN.

Parce qu'elle est bonne, & qu'elle n'a
pas voulu que tu me fisse du mal. Dis-moi,
je la trouve jolie ; crois-tu qu'elle m'aime?

FLAMINIA.

Elle vous aimera, si elle vous trouve
aimable : essayez. (à part.) Il faut que je
me divertisse aux dépens de Violette.

ARLEQUIN.

Elle est appétissante. Je vous trouve
bien aimable, & je n'ai jamais vû de fille
qui m'ait plû davantage, en vérité.

VIOLETTE.

Vous êtes bien obligeant, Monsieur.

ARLEQUIN.

Je ne suis point Monsieur, je m'appelle Arlequin.

VIOLETTE.

Arlequin : que ce nom est joli!

ARLEQUIN.

Oui. Et le vôtre est-il aussi joli que
vous? Dites-le moi, je vous en prie.

VIOLETTE.

Je me nomme Violette.

ARLEQUIN.

Violette : le charmant petit nom ! il
vous convient bien ; vous êtes si fleurie,
que vous devez être de la race des fleurs.

FLAMINIA.

Comment ! cela est dit avec esprit.

PANTALON.

J'ai entendu dire que les Sauvages par-
loient toûjours par métaphore.

FLAMINIA.

Il est fort joli.

ARLEQUIN *à Violette.*

Vous entendez bien ? cette fille me
trouve joli : me trouvez-vous joli, vous ?

VIOLETTE.

Oui.

ARLEQUIN.

Vous m'aimez donc ? car on doit aimer
ce que l'on trouve joli.

VIOLETTE.

On n'aime pas si facilement dans ce
pays ; il faut bien d'autres choses.

ARLEQUIN.

Eh que faut il de plus ? Vous verrez que
c'est encore là un tour des Loix que je
n'entends pas ; foin de mon ignorance.
Ecoutez, je ne sçais qu'aimer, s'il faut
quelqu'autre chose pour se rendre aimable, apprenez-le-moi ; & je le ferai.

VIOLETTE.

Il faut dire de jolies choses, faire des
caresses tendres.

ARLEQUIN.

Pour des caresses, je sçai ce que c'est,
& je vous en ferai tant que vous voudrez :
quant aux jolies choses, je ne les sçais pas

en vérité ; mais commençons toûjours par les caresses, en attendant que j'aie appris le reste.

VIOLETTE.

Non pas cela ; il faut au contraire commencer par les jolies choses, afin de gagner le cœur de sa maîtresse, & d'obtenir d'elle la permission de lui faire des caresses.

ARLEQUIN.

Mais comment diable voulez-vous que je vous les dise, ces jolies choses, je ne les sçai pas : apprenez-les-moi, & je vous les dirai.

VIOLETTE.

Ce n'est point à moi à vous les apprendre.

ARLEQUIN.

Et comment ferai-je donc ?

FLAMINIA.

Le voilà bien embarrassé ! Ecoute : dire de jolies choses, c'est louer la beauté de sa Maîtresse, la comparant avec esprit à ce qu'on voit de plus beau ; lui vanter ses vœux & la sincérité de l'amour que l'on sent pour elle.

ARLEQUIN.

Eh ventre de moi, nous en disons donc de jolies choses, lorsque nous sommes dans nos bois ? Peste de ma bêtise ; écoutez seulement, je vais vous dire les plus

jolies chofes du monde : écoutez, écou-
tez-bien.

VIOLETTE.

J'écoute.

ARLEQUIN.

Vous êtes plus belle que le plus beau
jour ; vos yeux font comme le Soleil &
la Lune lorfqu'ils fe levent, votre nez
eft comme une montagne éclairée de
leurs rayons , & votre vifage une plaine
charmante où l'on voit naître des fleurs
de tous les côtés. Eh bien ! cela n'eft-il
pas joli ?

VIOLETTE.

Pas trop : je ferois horrible., fi j'étois
faite comme vous dites-là., Deux grands
yeux comme le Soleil & la Lune, un nez
comme une montagne ! fi , je ferois peur !

ARLEQUIN.

Vous ne trouvez donc pas cela beau?

VIOLETTE.

Non.

ARLEQUIN.

Je ne fçai qu'y faire , je n'en fçai pas
davantage. Tenez, cela me brouille,don-
nez moi le tems d'apprendre ces jolies
chofes que je ne fçai pas, & en attendant , faifons l'amour comme on le fait
dans les bois , aimons-nous à la Sauvage.

FLAMINIA.

Arlequin a raison, Violette; tu dois faire l'amour à sa maniere, jusqu'à ce qu'il sçache la tienne.

ARLEQUIN.

Oui; car ma maniere est facile; on la sçait, celle-là, sans l'avoir apprise. Allons dans mon pays: on présente une allumette aux filles; si elles la soufflent, c'est une marque qu'elles veulent vous accorder leurs faveurs; si elles ne la soufflent pas, il faut se retirer. Cette méthode vaut bien celle de ce pays : elle abrege tous les discours inutiles. *Il allume une allumette.*

PANTALON.

Que dis-tu de la conquête de Violette?

FLAMINIA.

Elle n'est pas brillante, mais elle est plus assûrée que la plûpart de celles dont nos beautés se flattent.

ARLEQUIN *avec l'allumette.*

Voici un cérémonie sans compliment qui vaut mieux que toutes celles de ce pays. *Il présente l'allumette, Violette la souffle.* Ah! quel plaisir! Allons, ne perdons point de tems: il ne s'agit plus de complimens ici, venez ma belle. *Il l'emporte dans ses bras.*

VIOLETTE.

Ah! ah! Monsieur, au secours. C ij

PANTALON.

Tout beau, Arlequin; ce n'est pas comme cela qu'il faut s'y prendre.

ARLEQUIN.

Pourquoi m'ôtes-tu cette fille?

PANTALON.

Parce que la violence n'est pas permise.

ARLEQUIN.

Je ne lui fais pas violence; elle le veut bien, puisqu'elle a soufflé mon allumette,

PANTALON.

Tu vois pourtant qu'elle crie.

ARLEQUIN.

Bon! elles font toutes comme cela, il n'y faut pas prendre garde.

FLAMINIA.

On ne va pas si vîte dans ce pays.

ARLEQUIN.

Qu'est-ce que cela me fait; ne sommes-nous pas convenus de faire l'amour à la sauvage?

FLAMINIA.

Oui, mais non pas pour l'allumette; cela feroit tort à Violette.

ARLEQUIN.

Eh pourquoi? n'est-elle pas la maîtresse de faire ce qui lui fait plaisir, lorsque la chose ne fait mal à personne?

FLAMINIA.

Non, cela est défendu.

ARLEQUIN.

Vous êtes des foux, de défendre ce qui
vous fait plaifir.

FLAMINIA.

Ecoute : fi tu es fage, je te donnerai
Violette. Tu vois bien cette Maifon ?

ARLEQUIN.

Ouï.

FLAMINIA.

C'eft là où Violette & moi demeurons,
viens nous y voir, & nous t'apprendrons
à faire l'amour à la maniere du pays.

ARLEQUIN.

Allons.

FLAMINIA.

Non pas à prefent, tu viendras une autre fois.

ARLEQUIN.

Et pourquoi pas à prefent ?

FLAMINIA.

Parce que Violette a des affaires.

ARLEQUIN.

Mais je n'en ai point moi, d'affaires.

FLAMINIA.

Je le crois ; mais Violette en a, & tu
dois avoir de la complaifance pour elle.

ARLEQUIN.

Cela eft-il joli, d'avoir de la complaifance ?

FLAMINIA.

Sans doute, il n'y a rien de plus joli.

ARLEQUIN.

Allez donc faire vos affaires ; mais faites vîte , car j e suis preſſé.

VIOLETTE.

Adieu Arlequin. *Elle ſort avec Flaminia & Pantalon.*

SCENE VI.

ARLEQUIN , UN MARCHAND.

LE MARCHAND.

MOnſieur , voulez-vous acheter quelque choſe ?

ARLEQUIN.

Eh ?

LE MARCHAND.

Si vous voulez de ma marchandiſe , voyez. *Il déploie ſa boutique.*

ARLEQUIN.

Pourquoi me fais-tu voir cela ?

LE MARCHAND.

Afin que vous voyez s'il y a quelque choſe qui vous faſſe plaiſir.

ARLEQUIN

Et s'il y a quelque choſe qui me faſſe plaiſir , tu me le donneras ?

LE MARCHAND.

Avec joie : je ne demande pas mieux.

ARLEQUIN *à part.*

Le Capitaine a raison, il ne ment pas
d'un mot. *haut.* Et tu vais donc par le pays
porter ces choses, pour chercher des gens
qui les prennent ?

LE MARCHAND.

Oui, Monsieur, il le faut bien.

ARLEQUIN.

Les bonnes gens ! les bonnes gens ! &
la belle chose que les loix.

LE MARCHAND.

Voyez donc, Monsieur, ce qu'il vous
plaira.

ARLEQUIN.

Cela me passe : voyons. *Il regarde avec
beaucoup de jeu ; il voit le portrait d'une
femme, qu'il croit être une femme véritable.*
Ah ! qu'est-ce que cela ? une femme ;
qu'elle est petite !

LE MARCHAND.

Elle est jolie, n'est-ce pas ?

ARLEQUIN *la caresse.*

Petite mamour. Qu'elle est gentille !
Mais comment diable l'a-t-on pû faire
tenir là ?

LE MARCHAND.

Ah, ah ! vous vous divertissez.

ARLEQUIN.

Je ne comprends pas qu'il puisse y
avoir de si petites femmes. Fait-on celles
là comme les autres ?   C iiij

LE MARCHAND. *lui montre un pinceau.*
Voilà avec quoi on les fait.

ARLEQUIN.
Et comment nommes-tu cela?

LE MARCHAND.
Un pinceau.

ARLEQUIN.
Ah, ah, ah! la plaisante chose, & les drôles d'instrumens que ceux dont on fabrique les hommes : ah! ma foi, ce pays est original en toute chose. Dis-moi, mon ami, t'a-t-on fait aussi avec un pinceau?

LE MARCHAND.
Moi?

ARLEQUIN.
Toi.

LE MARCHAND.
Moi! si l'on m'a fait avec un pinceau? ah, ah, ah, ah! Et vous a-t-on fait avec un pinceau?

ARLEQUIN.
Bon! je suis d'un pays d'ignorans, ignorantissimes ; où les hommes sont si bêtes, qu'ils n'en sçauroient faire d'autres sans femmes.

LE MARCHAND.
Effectivement, voilà une grande ignorance ; nous en sçavons bien davantage ici, comme vous voyez.

ARLEQUIN.
Le diable m'emporte si j'y comprends
rien.

LE MARCHAND.
Allons, Monsieur, voyez ce qui vous
fait plaisir.

ARLEQUIN.
Tout me fait plaisir.

LE MARCHAND.
Eh bien, prenez-tout

ARLEQUIN.
Mais, tu n'auras rien après.

LE MARCHAND.
Tant-mieux : un Marchand ne demande pas mieux que de se défaire de sa marchandise.

ARLEQUIN.
Tu te nommes donc un Marchand ?

LE MARCHAND.
Oui.

ARLEQUIN.
Je suis bien aise de sçavoir le nom d'un
si bon homme. Donne. Voilà une bonté
sans exemple : le Capitaine est trop aimable de m'avoir conduit chez de si bonnes
gens. *Il prent tout.*

LE MARCHAND.
Mais combien m'en voulez-vous donner ?

ARLEQUIN.

Moi ? je n'ai rien à te donner, & j'en
suis bien fâché ; car je suis naturellement
bon, quoique je ne sçache pas les Loix.

LE MARCHAND.

Ce n'est pas là mon compte, il me faut
cinq cens frans.

ARLEQUIN.

Je veux mourir si j'ai un franc, ni si
je sçai seulement ce que c'est.

LE MARCHAND.

Rendez-moi donc ma marchandise.

ARLEQUIN.

Bon ! tu veux rire ?

LE MARCHAND.

Je ne ris point : rendez ce que vous
avez à moi, ou je m'irai plaindre.

ARLEQUIN.

Et à qui ?

LE MARCHAND.

Au Juge.

ARLEQUIN.

Quel animal est-ce que cela ?

LE MARCHAND.

C'est un honnête homme qui fait éxé-
cuter les Loix, & pendre ceux qui y manquent : entendez-vous ?

ARLEQUIN.

Ainsi si tu manquois à la Loi, il te feroit pendre ?

LE MARCHAND.
Sans-doute.

ARLEQUIN.
Il feroit fort bien : à ce que je vois la
bonté des gens de ce pays n'est pas volon-
taire, on les fait être bons par force.

LE MARCHAND.
Allons, Monsieur, je ne ris pas, payez-
moi, ou rendez-moi ma marchandise.

ARLEQUIN.
Je meure si j'entends rien de ce que tu
dis; payez-moi, donnez-moi des francs?
quel diable de galimathias est-ce là?

LE MARCHAND.
Ah! que de raisons.

ARLEQUIN.
Pourquoi te fâches-tu? tu m'es venu
offrir ta marchandise de bonne amitié, je
l'ai prise pour te faire plaisir; & à présent
tu te mets en colere contre moi; si; cela
est vilain.

LE MARCHAND.
Vous n'êtes qu'un fripon; & si vous ne
me rendez promptement ce que vous
avez à moi, je. . . .

ARLEQUIN.
Hola, ho! Si tu ne t'en vas bien vîte,
je t'assommerai.

LE MARCHAND.
Comment, est-ce ainsi que l'on paye

les gens ? au voleur. *Il se jette sur Arlequin, qui le charge. Au secours, miséricorde !*

ARLEQUIN.

Il faut que j'arrache la chevelure à ce coquin. *Il leve le sabre, & le Marchand abandonne sa perruque en fuyant.*

LE MARCHAND.

Ah mon Dieu ! me voila ruiné,

SCENE VII.

ARLEQUIN *seul.*

OH, oh ! Qu'est-ce donc que cela ? cette chevelure n'est point naturelle.... Comment, diable ! à ce que je vois, les gens d'ici ne sont point tels qu'ils paroissent, & tout est emprunté chez eux, la bonté, la sagesse, l'esprit, la chevelure. Ma foi, je commence tout de bon à avoir peur, me voyant obligé de vivre avec de tels animaux : allons trouver le Capitaine, pour sçavoir de lui ce que c'est que tout cela.

Fin du premier Acte.

ACTE II.

SCENE PREMIERE.

ARLEQUIN, Troupe d'ARCHERS, LE MARCHAND.

ARLEQUIN.

LE Capitaine m'a dit que les gens de ce pays étoient bons, & je les trouve tous méchans comme des diables ; cela viendroit-il de mon ignorance ?

UN ARCHER.

Voilà un homme qui ressemble à celui dont on nous a fait le portrait : abordons-le. Bon jour, mon ami.

ARLEQUIN.

Bon jour. *Il tourne autour d'eux & les regarde, & dit à part.* Voilà des Sauvages de mauvaise mine.

L'ARCHER.

N'avez-vous point vû passer un Marchand ?

ARLEQUIN.

Qui portoit de la marchandise pour attraper les passans ?

L'ARCHER.

Cela peut bien être.

ARLEQUIN.

Un petit vilain homme ?

L'ARCHER.

Justement.

ARLEQUIN.

Ah, ah ! je l'ai vû ; il m'a joué un tour du diable.

L'ARCHER.

Voyez ce coquin.

ARLEQUIN.

Il m'a fait, je vous dis, un tour exécrable, mais il l'a bien payé ; car je n'aime pas que l'on se moque de moi.

L'ARCHER.

Vous avez raison : voyez si ne n'est pas un fripon ; il nous a dit que vous lui aviez pris sa marchandise, & que vous n'avez pas voulu la lui payer.

ARLEQUIN.

Il vous l'a dit ?

L'ARCHER.

Oui.

ARLEQUIN.

J'en suis bien aise, il vous a dit la vérité. Et vous a-t-il dit aussi que je l'ai bien battu ?

L'ARCHER.

Oui, il nous a rendu compte de tout fort exactement.

ARLEQUIN.

Cela me surprend, je ne lui croyois
pas tant de bonne foi. Ce coquin m'eſt
venu offrir ſa marchandiſe ; il m'a tant
prié de la prendre, que je l'ai priſe pour
lui faire plaiſir. Après cela ce belître vouloit que je lui donnnaſſe des francs ; ſi
j'en avois eu, je lui en aurois donné de
bon cœur ; mais je ne ſçai pas même ce
que c'eſt. Il s'eſt fâché parce que je n'avois
pas de francs à lui donner, & il vouloit
que je lui rendiſſe ſa marchandiſe : cela
m'a mis en colere, parce que je voyois
qu'il ſe moquoit de moi ; auſſi je lui ai
donné tant de coups de bâton, que je
l'aurois aſſommé s'il n'avoit pas pris la
fuite.

L'ARCHER.

Fort bien.

ARLEQUIN.

Oh le voilà : écoute, belître, n'eſt-il pas
vrai que tu es venu m'offrir ta marchandiſe ?

LE MARCHAND.

Oui : eh bien que voulez-vous dire ?
Meſſieurs, c'eſt-là le voleur.

ARLEQUIN.

Que je l'ai priſe ?

LE MARCHAND.

Oui.

ARLEQUIN.

Qu'après cela tu voulois que je te donnaffe des francs, ou que je te rendiffe ta
marchandife ?

LE MARCHAND,

Affurément : j'en voulois cinq cens
francs, & c'étoit fon prix.

ARLEQUIN.

Ecoutez bien : ne t'ai-je pas dit que je
n'avois point de francs ?

LE MARCHAND.

Oui.

ARLEQUIN.

Ne t'ai-je pas dit auffi que je ne voulois pas te rendre ta marchandife ?

LE MARCHAND.

Oui.

ARLEQUIN.

Ne t'es-tu pas fâché parce que je n'a-
vois pas des francs, & que je ne voulois
pas te rendre ta marchandife ?

LE MARCHAND.

Affurément que je me fuis fâché : n'a-
vois-je pas raifon ?

ARLEQUIN.

Ecoutez bien, écoutez bien, Meffieurs:
ne t'ai-je pas donné à la place des cinq
cens francs, cinq cens coups de bâton ?

LE MARCHAND.

Si je l'avois oublié, mes épaules m'en
feroient

feroient bien souvenir..

ARLEQUIN.

Eh bien., vous voyez que je ne ment: pas d'un mot; je ne le fais pas parler.

L'ARCHER.

Nous le voyons..

LE MARCHAND.

Il ne faut point d'autres preuves, Messieurs., que sa propre confession..

L'ARCHER.

Nous sommes suffisamment instruits., & l'on vous rendra justice..

ARLEQUIN à l'Archer.

Ecoutez; ce fripon ne sçait la Loi qu'à moitié : sçavez-vous ce que je veux faire?:

L'ARCHER.

Que voulez-vous faire ?

ARLEQUIN.

Je veux aller trouver le Juge, pour lui faire donner encore une leçon des Loix..

L'ARCHER.

Vous avez raison : venez avec nous, nous allons vous y mener.

ARLEQUIN.

Je ne puis pas à present..

L'ARCHER.

Il faut bien que vous le puissiez; car cela est nécessaire..

ARLEQUIN.

Non, vous dis-je, je ne le puis pas

Arlequin Sauvage.. D

en vérité, j'ai des affaires,

L'ARCHER.

Vous les ferez une autre fois.

ARLEQUIN.

Oh non, la chose presse ; je suis amoureux d'une jolie fille : lorsque je l'aurai
vûe, je vous irai trouver, si je le puis.

L'ARCHER.

Allons, Monsieur le fripon, vous faites
l'innocent, je vous connois ; marchez.

ARLEQUIN.

Que veux donc dire cela ?

L'ARCHER.

Cela veut dire qu'il faut venir en pri-
son.

ARLEQUIN.

Je n'y veux pas aller, moi.

L'ARCHER.

On vous y fera bien aller.

ARLEQUIN.

Si tu me fâches, je prierai le Juge de
te donner aussi une leçon des Loix.

L'ARCHER.

Marché, il va t'en faire donner une,
après laquelle tu n'en auras pas besoin
d'autres.

ARLEQUIN.

Je ne veux pas de ses leçons, moi ; le Capitaine m'apprendra bien les Loix sans lui.

L'ARCHER.

Il s'y est pris un peu trop tard ; & je te promets que demain à cette heure, tu seras dûement pendu & étranglé.

ARLEQUIN.

Moi !

L'ARCHER.

Oui, toi.

ARLEQUIN.

Eh pourquoi ?

L'ARCHER.

Pour toutes les gentillesses que tu viens de nous raconter.

ARLEQUIN.

Ecoute, si tu me fais mettre en colere, je t'assommerai, toi, & tous les coquins qui te suivent.

L'ARCHER.

Allons, qu'on le saisisse.

Les Archers se jettent sur Arlequin & l'enlevent malgré sa résistance ; Sur ces entrefaites Lélio arrive.

SCENE II.

LÉLIO, ARLEQUIN, les ARCHERS, le MARCHAND.

LÉLIO *à part.*

C'Eſt Arlequin que ces Archers ont pris, il aura fait quelque ſotiſe. *Haut.* Meſſieurs, où menez-vóus cet homme; il m'appartient.

L'ARCHER.

C'eſt un voleur de grand chemin que nous conduiſons en priſon , pour avoir volé ce Marchand.

LE MARCHAND.

Ouï, Monſieur, il m'a volé.

ARLEQUIN.

Ah ! damné de Capitaine, que le diable te puiſſe emporter avec tous les honnêtes gens de ton pays, qui viennent poliment vous offrir les choſes pour vous attraper, & vous faire enſuite étrangler : ah ! ſcélérat, ne m'as tu amené de ſi loin que pour me jouer ce tour.

LE MARCHAND.

Il fait ainſi l'innocent ; je lui ai voulu vendre tantôt ma marchandiſe, il l'a priſe , & puis il faiſoit ſemblant de croire que j'avois voulu la lui donner : il faiſoit

Ie niais, comme s'il n'avoit jamais vû d'argent, & à la fin il ne m'a payé qu'à coups de bâton.

L É L I O.

Eh ! Messieurs, ce pauvre homme est un Sauvage que j'ai amené avec moi : il n'a aucune connoissance de nos usages; & ce matin pour me divertir de son ignorance, je lui ai dit que l'on trouvoit ici toutes les choses dont on avoit besoin sans peine, & qu'il y avoit des gens qui venoient vous les offrir, sans expliquer que c'est pour de l'argent : il a pris ce que je lui ai dit au pied de la lettre, parce qu'il n'en sçavoit pas davantage ; ainsi je suis la cause innocente du mal qu'il vous a fait, & je veux le réparer. Dites-moi, Monsieur, ce qu'il a à vous, je vous le payerai.

L'A R C H E R.

Si cela est ainsi, ce pauvre homme n'a pas tort : payez seulement ce Marchand, & ramenez votre Sauvage chez vous.

LE M A R C H A N D.

Que Monsieur me fasse rendre ma marchandise, je ne demande que cela.

L É L I O.

As tu encore les choses que tu lui a prises ?

ARLEQUIN.

Oui, je les ai ; mais je ne les veux plus ,
je ferois bien fâché d'avoir rien à un belître comme toi. Tiens.

L'ARCHER.

Voilà un procès bien-tôt fini.

LE MARCHAND.

Nous fommes tous contens , *à Lélio ,*
mais votre Sauvage ne l'eft peut-être pas?
Je voudrois bien , pour qu'il n'eût rien à
me reprocher, lui rendre les coups de bâton qu'il m'a donnés.

ARLEQUIN.

Je ne les veux pas moi : quand je donne quelque chofe, c'eft de bon cœur.

L'ARCHER.

Monfieur, je fuis votre ferviteur.

ARLEQUIN.

Allez-vous en à tous les diables.

SCENE III.

LÉLIO, ARLEQUIN, *faifant mine au*
Parterre fans rien dire , ni regarder fon
Maitre.

LÉLIO *à part.*

LE voilà bien fâché : je veux me donner la comédie toute entiere. *haut.* En

bien, Arlequin, voici un bon pays, & où
les gens font fort aimables, comme tu
vois : *Arlequin le regarde fans répondre.*
Tu ne dis mot : tu devrois bien au moins
me remercier de t'avoir empêché d'être
pendu.

A R L E Q U I N.

Que le diable t'emporte, toi, tes freres & ton pays.

L É L I O.

Eh pourquoi me fouhaite-tu un fi trifte
fort?

A R L E Q U I N.

Pour te punir de m'avoir conduit dans
un pays civilifé, où la bonté que vous faites femblant d'avoir, n'eft qu'un piége
que vous tendez à la bonne foi de ceux
que vous voulez attraper : je vois claire-
ment que tout eft faux chez vous.

L É L I O.

C'eft que tu ne fçais pas encore ce qu'il
faut fçavoir pour nous trouver aimables ;
mais je veux te l'apprendre.

A R L E Q U I N.

Tu es un babillard, & c'eft tout ; mais
parle, parle, puifque tu en as tant d'envie:
auffi-bien je fuis curieux de voir comment tu t'y prendras, pour me prouver
que ce Marchand n'eft pas un fripon.

LÉLIO.

Rien n'est plus facile. Nous ne vivons
point ici en commun, comme vous faites
dans vos forêts ; chacun y a son bien, &
nous ne pouvons user que de ce qui nous
appartient ; c'est pour nous le conserver,
que les Loix sont établies : elles punissent
ceux qui prennent le bien d'autrui sans le
payer ; & c'est pour l'avoir fait que l'on
vouloit te pendre.

ARLEQUIN.

Fort bien ! mais que donne-t-on pour
ce que l'on prend ?

LÉLIO.

De l'argent.

ARLEQUIN.

Qu'est-ce que cela de l'argent ?

LÉLIO.

En voilà.

ARLEQUIN.

C'est-là de l'argent ? Cela est drôle. Il
le porte à la dent. Ahi ! il est dur comme
un diable.

LÉLIO.

On ne le mange pas.

ARLEQUIN.

Qu'en fait-on donc ?

LÉLIO.

On le donne pour des choses dont on
a besoin, & l'on pourroit presque l'appel-
ler

ler une caution , puisqu'avec cet argent
on trouve par-tout tout ce qu'on veut.

A R L E Q U I N.

Qu'est-ce qu'une caution ?

L É L I O.

Lorsqu'un homme a donné une parole
& que l'on ne se fie pas à lui , pour plus
grande sûreté on lui demande caution ,
c'est-à-dire , un autre homme qui promet
de remplir la promesse que celui-la a faite , s'il y manque.

A R L E Q U I N.

Fi ! au diable , éloigne-toi de moi.

L É L I O.

Pourquoi ?

A R L E Q U I N.

Parce que je crains les gens qui ont
besoin de caution.

L É L I O.

Je n'en ai pas besoin , moi.

A R L E Q U I N.

Je n'en sçais rien , & je voudrois caution
pour te croire , après toutes les menteries
que tu m'as dit. Mais cet argent n'est pas
un homme , & par conséquent il ne peut
donner de paroles ; comment donc peut-
il servir de caution ?

L É L I O.

Il en sert pourtant , & il vaut mieux
que toutes les paroles du monde.

Arlequin Sauvage.   E

ARLEQUIN.

Votre parole ne vaut donc gueres, &
je ne m'étonne plus si tu m'as dis tant de
mentéries ; mais je n'en ferai plus la dupe ;
& si tu veux que je te croye, donne-moi
des cautions.

LÉLIO.

Je le veux ; en voila.

ARLEQUIN.

Les vilaines gens que ceux avec qui il
faut prendre de telles précautions ; j'en
ai honte pour lui ; mais cela vaut encore
mieux que d'être pendu. Parle à préfent.

LÉLIO.

Tu vois par ce que je viens de dire,
qu'on n'a rien ici pour rien, & que tout
s'y acquiert par échange. Or pour rendre cet échange plus facile, on a inventé
l'argent, qui est une marchandife com-
mune & univerfelle, qui se change contre toutes chofés, & avec laquelle on a
tout ce que l'on veut.

ARLEQUIN.

Quoi ! en donnant de ces berloques,
on a tout ce dont on a befoin ?

LÉLIO.

Sans doute.

ARLEQUIN.

Cela me paroît ridicule, puifqu'on ne
peut ni le boire, ni le manger.

LÉLIO.

On ne le boit, ni on ne le mange; mais on trouve avec de quoi boire, & de quoi manger.

ARLEQUIN.

Cela est drôle ! tes coûtumes ne sont peut-être pas si mauvaises que je les ai crues. Il ne faut donc que de l'argent pour avoir toutes choses sans soins & sans peines.

LÉLIO.

Oui, avec de l'argent, on ne manque de rien. **ARLEQUIN.**

Je trouve cela fort commode & bien inventé. Que ne me le disois-tu d'abord, je n'aurois pas risqué de me faire pendre; apprends-moi donc vîte où l'on donne de cet argent, afin que j'en fasse ma provision.

LÉLIO.

On n'en donne point.

ARLEQUIN.

Eh bien, où faut-il donc que j'aille en prendre ?

LÉLIO.

On n'en prend point aussi.

ARLEQUIN.

Apprends-moi donc à le faire ?

LÉLIO.

Encore moins ; tu serois pendu si tu avois fait une seule de ces pieces.

ARLEQUIN.

Eh! comment diable en avoir donc? on
n'en donne point, on ne peut pas en prendre, il n'eſt pas permis d'en faire: je n'entends rien à ce galimathias.

LÉLIO.

Je vais te l'expliquer. Il y a deux ſortes
de gens parmi nous, les riches & les
pauvres. Les riches ont tout l'argent, &
les pauvres n'en ont point.

ARLEQUIN.

Fort bien.

LÉLIO.

Ainſi pour que les pauvres en puiſſent
avoir, ils ſont obligés de travailler pour
les riches, qui leur donnent de cet argent
à proportion du travail qu'ils font pour
eux.

ARLEQUIN.

Et que font les riches tandis que les
pauvres travaillent pour eux?

LÉLIO.

Ils dorment, ils ſe promenent, & paſſent
leur vie à ſe divertir & faire bonne chere.

ARLEQUIN.

Cela eſt bien commode pour les riches.

LÉLIO.

Cette commodité que tu y trouves fait
ſouvent tout leur malheur.

ARLEQUIN.

Pourquoi ?

LÉLIO.

Parce que les richesses ne font que multiplier les besoins des hommes : les pauvres ne travaillent que pour avoir le nécessaire ; mais les riches travaillent pour le superflu, qui n'a point de bornes chez eux, à cause de l'ambition, du luxe, & de la vanité qui les dévorent : le travail & l'indigence naissent chez eux de leur propre opulence.

ARLEQUIN.

Mais si cela est ainsi, les riches sont plus pauvres que les pauvres mêmes, puisqu'ils manquent de plus de choses.

LÉLIO.

Tu as raison.

ARLEQUIN.

Ecoute, veux-tu que je te dise ce que je pense des Nations civilisées.

LÉLIO.

Oui : qu'en penses-tu ?

ARLEQUIN.

Il faut que je te dise la vérité, car je n'ai point d'argent à te donner pour caution de ma parole. Je pense que vous êtes des fous qui croyez être sages, des ignorans qui croyez êtres habiles, des pauvres qui croyez être riches, & des esclaves qui croyez être libres.

L É L I O.

Eh pourquoi le penses-tu ?

A R L E Q U I N.

Parce que c'est la vérité. Vous êtes fous, car vous cherchez avec beaucoup de soins une infinité de choses inutiles; vous êtes pauvres, parce que vous bornez vos biens dans l'argent, ou d'autres diableries, au lieu de jouir simplement de la nature comme nous, qui ne voulons rien avoir, afin de jouir plus librement de tout. Vous êtes esclaves de toutes vos possessions, que vous préférez à votre liberté & à vos freres, que vous feriez pendre s'ils vous avoient pris la plus petite partie de ce qui vous est inutile. Enfin vous êtes des ignorans, parce que vous faites consister votre sagesse à sçavoir les Loix, tandis que vous ne connoissez pas la raison, qui vous apprendroit à vous passer de Loix comme nous.

L É L I O.

Tu as raison, mon cher Arlequin, nous sommes des fous, mais des fous réduits à la nécessité de l'être.

A R L E Q U I N.

Votre plus grande folie est de croire que vous êtes obligés d'être fous.

L É L I O.

Mais que veux-tu que nous fassions ?

il faut du bien ici pour vivre ; si l'on n'en
a point, il faut travailler pour en avoir,
car le pauvre n'a rien pour rien.

ARLEQUIN.

Cela est impertinent. Mais à propos,
je n'ai point d'argent, moi, & par con-
féquent je suis donc pauvre ?

LÉLIO.

Sans doute que tu l'es.

ARLEQUIN.

Quoi ! je serai obligé de travailler comme ces malheureux pour vivre ?

LÉLIO.

Tu n'en dois pas douter.

ARLEQUIN.

Que le diable t'emporte. Pourquoi
donc, scélérat, m'as-tu tiré de mon pays
pour m'apprendre que je suis pauvre ? je
l'aurois ignoré toute ma vie sans toi : je
ne connoissois dans les forêts ni les richesses ni la pauvreté : j'étois à moi-même
mon Roi, mon Maître & mon valet, & tu
m'as cruellement tiré de cet heureux état,
pour m'apprendre que je ne suis qu'un
misérable & un esclave. Reponds-moi, scélérat, homme sans foi, sans charité. *Il pleure.*

LÉLIO.

Console-toi, mon cher Arlequin, je suis
riche, moi, & je te donnerai tout ce qui te
fera nécessaire.

E iiij

ARLEQUIN.

Et moi je ne veux rien redevoir de toi,
comme vous ne donnez ici rien pour rien,
ne pouvant te donner de l'argent, qui est
le diable qui vous possede tous, tu voudrois que je me donnasse moi-même, &
que je fusse ton esclave, comme ces malheureux qui te servent: je veux être homme libre, & rien plus. Remene-moi donc
où tu m'a pris, afin que j'aille oublier dans
mes forêts qu'il y a des pauvres & des
riches dans le monde.

LÉLIO.

Ne t'allarme point, tu ne seras point
mon esclave : tu seras heureux, je t'en
donne ma parole.

ARLEQUIN.

Bon ! belle parole, qui sans caution ne
vaut pas cela. *Il fait un signe avec les doigts.*

LÉLIO.

Et bien je te donnerai des cautions.

ARLEQUIN.

Allons, malgré le mépris que j'ai pour
tes freres, je veux bien demeurer ici pour
l'amour de toi, & d'une jolie fille qui se
nomme Violette, dont je suis amoureux.

LÉLIO.

Violette ! dis-tu ? la suivante de Flaminia se nommoit ainsi. Où as tu vû cette
Violette ?

ARLEQUIN.

Là où tu m'as trouvé tantôt.

LÉLIO.

Comment est-elle faite ?

ARLEQUIN.

Ah ! elle est bien belle.

LÉLIO.

Grande ?

ARLEQUIN.

Pas trop.

LÉLIO.

Brune, ou blonde ?

ARLEQUIN.

Blonde.

LÉLIO.

Etoit-elle seule ?

ARLEQUIN.

Non : elle étoit avec une autre fille plus maigre qu'elle, mais jolie, & avec un homme fait... ah ! si tu le voyois, tu créverois de rire : il a une robe noire & du rouge dessous, un couteau à la ceinture, & une barbe longue & pointue : ah, ah, ah ! je n'ai jamais vû une figure si ridicule.

LÉLIO à part.

C'est assurément Pantalon, voilà son portrait, & Flaminia est avec lui. Par quelle aventure se trouveroit elle à Marseille... Mais quoi ! Mario m'a dit qu'il se marioit avec une Italienne arrivée ici depuis quin-

ze jours. Ciel ! éloigne de moi les maux
que je crains. Il faut que j'approfondisse
cette aventure ; & que je revoie Mario.

ARLEQUIN.

Que dis-tu là ?

LÉLIO.

Rien.

ARLEQUIN.

Violette avoit soufflé mon allumette ;
mais on n'a pas voulu que je l'aie menée
avec moi, parce qu'on dit qu'auparavant
il faut que j'apprenne à lui dire de jolies
choses, pour obtenir la liberté de lui faire des caresses; car c'est comme cela qu'on
fait l'amour ici ; n'est-ce pas ?

LÉLIO *rêveur*.

Oui. L'ingrate me trahiroit-elle ?

ARLEQUIN.

Eh tu parles tout seul.

LÉLIO.

Oui, oui.

ARLEQUIN.

Oui, oui. Il est fou. Tu m'apprendras
ces jolies choses?

LÉLIO.

Oui, tantôt. Je suis dans une agitation
où je ne me possede pas : il faut que j'aille
trouver Mario. Mais le voici fort à propos.

SCENE IV.

MARIO, LÉLIO, ARLEQUIN.

MARIO.

JE vous rencontre heureusement.

LÉLIO.

J'allois chez vous de ce pas. La précipitation avec laquelle je vous ai quitté tantôt, ne m'a pas permis de m'informer plus particulierement des choses qui vous touchent : puisque je vous trouve, pardonnez quelque chose à ma curiosité : votre Epouse est Italienne, dites-vous ?

MARIO.

Oui.

LÉLIO.

Puis-je vous demander de quel endroit ?

MARIO.

De Venise.

LÉLIO.

Je connois cette Ville : Quelle est sa famille ?

MARIO.

C'est la fille d'un riche Négociant de ce pays-là.

LÉLIO.

Son nom ?

MARIO.

Il se nomme Pantalon, & elle Flaminia.

LÉLIO.

Ah ciel !

MARIO.

D'où vous vient cette surprise ? La con‑
noissez-vous ?

LÉLIO.

Oui.

MARIO.

N'est-elle pas fille bien estimable ?

LÉLIO.

Elle a tout ce qui peut engager un hon‑
nête homme ; mais ce qui va vous sur‑
prendre, cette Flaminia est la même per‑
sonne que j'allois chercher.

MARIO.

Vous !

LÉLIO.

Oui moi : vous pouvez juger par la
passion que je vous ai fait voir pour elle,
quels doivent être à présent mes senti‑
mens. Je l'aime. Que dis-je ? Je l'adore,
& je perdrai la vie, plûtôt que de souffrir
qu'un autre me l'enleve.

MARIO.

Vous me surprenez, & je ne m'atten‑
dois pas de trouver en vous un rival.

LÉLIO.

Je m'attendois encore moins d'en avoir
un en vous, c'est le coup le plus funeste
qui pouvoit me frapper, mais enfin l'ami‑

tié se taît dans le cœurs où l'amour re-
gne. Seigneur Mario, prenez votre parti,
il faut me ceder Flaminia, ou me la dif-
puter par les armes.

MARIO.

Je ne m'attendois pas que notre entre-
vûe dût finir par un combat; mais puifque
vous le voulez, Flaminia vaut bien un
ami : fi vous l'avez, vous ne l'aurez du
moins qu'après m'avoir vaincu. *Ils met-
tent l'épée à la main.*

ARLEQUIN.

Hola, aï ! que faites-vous ? *Il fe jette
entre eux.*

LÉLIO.

Ote-toi de-là.

MARIO.

Je te paffe mon épée à travers du corps,
fi tu ne t'éloignes.

ARLEQUIN.

Et moi je vous affommerai tous les
deux. Ah ! les bons amis qui s'embraf-
fent, & après ils fe veulent tuer.

LÉLIO.

Laiffe-nous libres, nous avons nos raifons.

ARLEQUIN.

Et quelles raifons ? je les veux fçavoir.

LÉLIO.

Il faut s'en défaire, nous vuiderons

notre différend ensuite. Nous sommes
tous les deux amoureux de la même fille,
& c'est pour sçavoir à qui elle sera que
nous nous battons.

ARLEQUIN.

Eh bien, que ne courez-vous tous les
deux l'allumette avec elle, l'un n'empêche pas l'autre.

LÉLIO.

Mais nous voulons l'épouser.

ARLEQUIN.

Ah,ah, je ne sçavois pas cela : effectivement vous ne pouvez pas l'épouser tous
les deux.

MARIO.

Et c'est pour sçavoir qui l'épousera,
que nous nous battons. Ote-toi de-là.

ARLEQUIN.

Ah les sottes gens ! Mais dites-moi celui qui tuera l'autre, épousera donc cette
fille ?

MARIO.

Oui.

ARLEQUIN.

Oui : & sçavez-vous si elle le voudra ;
elle aime l'un ou l'autre, ainsi il faut lui
demander avant que de vous battre, celui
qu'elle veut que l'on tue.

LÉLIO.

Mais

ARLEQUIN.

Mais, mais. Oui, bête que tu es; car si
c'est lui qu'elle aime, & que tu le tue, elle
te haïra davantage, & ne te voudra pas.

MARIO.

Seigneur Lélio, je crois qu'il a raison.

LÉLIO.

Il n'a peut-être pas tant de tort.

ARLEQUIN.

Tenez, vous êtes deux ânes : au lieu
de vous battre, allez trouver cette fille, &
demandez-lui celui qu'elle veut : celui-là
l'épousera, & l'autre ira en chercher une
autre, sans se fâcher mal-à-propos contre
un homme qui ne lui fait point de tort,
puisqu'il a autant de raison de vouloir cette fille que lui, & que ce n'est pas sa faute
si elle l'aime davantage.

LÉLIO.

Arlequin n'est qu'un Sauvage; mais sa
raison toute simple lui suggere un conseil
digne de sortir de la bouche des plus sages : voulez-vous que nous le suivions?

MARIO.

Nous serions plus Sauvages que lui, si
nous refusions de nous y rendre ; mais
convenons de nos faits auparavant. Si
Flaminia vous a oublié, & si elle me pré-
fere à vous, vous ne me la disputerez
plus.

LÉLIO.

J'en serois bien fâché. Pour peu même que son cœur balance, je m'éloigne d'elle pour ne la revoir de ma vie.

MARIO.

Et moi je vous déclare que si elle vous aime encore, je renonce à elle.

LÉLIO.

Vous a-t-elle marqué de l'amour?

MARIO.

Elle vit d'une maniere avec moi à pouvoir me faire espérer : le peu de temps que je l'ai vû ne m'a pas permis encore de connoître son cœur ; mais son pere m'assure de son obeïssance, & j'ai lieu de croire qu'il connoît ses dispositions. Vous, vous a-t-elle aimé ?

LÉLIO.

L'ingrate au moins me le disoit, & son pere approuvoit mes feux : apparemment que les bruits qui ont couru de mes pertes l'ont fait changer : je le pardonne à son ame intéressée; mais si Flaminia a été capable du même sentiment, je n'en veux plus entendre parler. Ne perdons plus inutilement le temps ; il faut éclaircir la chose.

MARIO.

Mais si vous paroissez, & que votre présence dissipe les bruits de votre malheur, l'intérêt qui vous étoit contraire

étant

étant rempli par votre fortune, Flaminia
peut sentir renaître sa tendresse pour vous
par le seul objet de son intérêt.

L É L I O.

Non, je n'en veux point, si sa flamme
n'est aussi pure & aussi désintéressée que
la mienne.

M A R I O.

Faisons-là donc expliquer sans paroître
ni l'un ni l'autre, afin que son cœur agis-
se avec plus de liberté.

L É L I O.

Je le veux : il ne s'agit que d'en trouver le moyen.

M A R I O.

Il est tout trouvé : je dois donner ce
soir une fête à Flaminia, & je vais la
disposer pour notre dessein. Nous y paroî-
trons sous des habits déguisés, & par un
moyen que j'imagine, nous la ferons expliquer avant que de nous découvrir.

L É L I O.

Rien n'est mieux pensé : allons tout
préparer ; & toi, mon cher Arlequin,
viens avec nous, nous t'avons obligation
d'être devenus plus sages.

A R L E Q U I N.

C'est-là du compliment ; mais celui-ci vaut
mieux que celui que tu m'as fait tantôt.

Fin du second Acte.

ACTE III.

SCENE PREMIERE.

ARLEQUIN *seul, en Petit-Maître.*

ME voilà drôlement beau ! une chevelure empruntée, un habit beau à
la vérité mais, qu'est-ce que tout cela a de
commun avec moi, puisque ces beautés
ne sont pas les miennes ? Cependant avec
ce harnois on veut que je sois plus beau:
ah, ah, ah ! le Capitaine est fou ; il trouve
des impertinences de fort belles choses:
Ce pauvre garçon a l'esprit gâté par les
Loix de ce pays ; j'en suis fâché, car dans
le fond il est bon homme.

SCENE II.

ARLEQUIN, UN PASSANT.

LE PASSANT.

DANS le malheur qui m'accable, la
solitude est ma plus grande ressour-
ce : je puis du moins m'y plaindre avec liberté de l'injustice des hommes.

ARLEQUIN.

Cet homme-là est fâché.

LE PASSANT.

Heureux mille fois les Sauvages ! qui
suivent simplement les Loix de la nature,

& qui n'ont jamais connu Cujas ni Bar-
tole.   A R L E Q U I N.

Oh, oh ! voilà un homme raisonnable.
Tu as raison, mon ami, vous êtes tous des
bélîtres dans ce pays.

LE P A S S A N T.

A qui en veut ce drôle-là.

A R L E Q U I N.

Dis-moi la vérité : je gage qu'on t'a
voulu pendre.

LE P A S S A N T.

Vous êtes un sot, on ne pend pas des
gens de ma sorte.

A R L E Q U I N.

Pardi tu me la donnes belle ! on en pend
qui valent mieux ; & sans aller plus loin,
sçais-tu bien que j'ai failli à être branché,
moi, il n'y a qu'un moment.

LE P A S S A N T.

Vous ?

A R L E Q U I N.

Oui, moi-même, en propre personne.

LE P A S S A N T.

On avoit apparemment de bonnes raisons pour cela.

A R L E Q U I N.

On n'avoit que des raisons de ton pays,
c'est-à-dire des impertinences. Un coquim
de Marchand est venu m'offrir sa marchandise, moi je l'ai prise de bonne amitié;

il vouloit enfuite que je lui donnaffe de
l'argent. Je n'en avois point : il s'eft fâché
& moi auffi, & pour le punir je l'ai payé à
bons coups de bâton. Voilà toutes les raifons que l'on avoit : cependant ce fripon
en eft allé chercher d'autres pour m'é-
trangler ; & mon affaire étoit faite, fi le
Capitaine ne m'eût retiré de leurs mains.

LE PASSANT *à part.*

Il ne me manquoit plus que cette rencontre; un voleur de grand chemin qui a
fa bande & fon Capitaine dans le voifi-
nage. ARLEQUIN.

Que dis-tu là ?

LE PASSANT.

Je dis que ce Marchand a tort.

ARLEQUIN.

Sans doute, c'eft un faquin.

LE PASSANT.

Affurément, & vous avez raifon d'être
en colere : car c'eft une affaire férieufe
que d'être pendu.

ARLEQUIN.

Comment morbleu ! des plus férieufes;
& quand j'y fonge, j'entre dans une colere
que je ne me poffede pas.

LE PASSANT.

Il faut prendre garde de ne plus vous
y expofer. Adieu, Monfieur.

ARLEQUIN.

Où vas-tu ?

LE PASSANT.

Je vais joindre ma compagnie qui n'est
pas loin d'ici.

ARLEQUIN.

Non, je veux que tu demeures ; je suis
bien aise de causer avec toi.

LE PASSANT.

Je n'ai pas le temps.

ARLEQUIN.

Il faut le prendre , je le veux moi.

LE PASSANT à part.

Je serai bien-heureux si j'en suis quitte
pour la bourse.

ARLEQUIN.

Dis-moi, es-tu honnête homme ?

LE PASSANT.

J'en fais profession.

ARLEQUIN.

Et comment veux tu que je te croye, si
tu ne me donne pas des cautions; car vous
en avez tous besoin dans ce pays: allons,
donne-m'en , & après nous causerons.

LE PASSANT.

Où voulez-vous que je les prenne ?

ARLEQUIN.

Fouille dans ta poche, c'est-là où vous
les mettez.

LE PASSANT à part.

La chose n'est plus équivoque : tâchons
d'en sortir à meilleur marché que nous
pourrons. Je vois bien, Monsieur, ce que

vous fouhaitez: voilà ma bourfe, c'eſt tout mon bien.

ARLEQUIN.

Si quelqu'un m'en demandoit autant, je le tuerois; car je fuis honnête homme, moi, & qui n'eſt pas fujet à caution.

LE PASSANT.

Je le vois bien, Monfieur. Adieu.

ARLEQUIN.

Arrête.

LE PASSANT *à part*.

Encore. Ciel! tirez-moi de ce pas.

ARLEQUIN.

Je fuis fâché d'en agir ainfi avec toi, parce que tu me parois bon homme, & que tu eſtimes les Sauvages.

LE PASSANT.

Plût à Dieu que je fuſſe né parmi eux: je ne ferois pas expofé à tous les maux qui me fuivent.

ARLEQUIN.

Voilà tes cautions: je te crois honnête homme fur ta parole, puifque tu voudrois être Sauvage.

LE PASSANT.

Mais, Monfieur.

ARLEQUIN.

Sçais-tu bien que je fuis un Sauvage, moi?

LE PASSANT.

Vous

ARLEQUIN.

Oui. Je suis arrivé aujourd'hui dans ton pays, & depuis que j'y suis, j'y ai vû plus d'impertinences, que je n'en aurois appris en mille ans dans nos forêts.

LE PASSANT.

Je le crois, *à part.* Dieu soit loué, je respire.

ARLEQUIN.

Dis-moi donc ce qui te fâche?

LE PASSANT.

C'est la perte d'un procès.

ARLEQUIN.

Quelle bête est-ce là, un procès?

LE PASSANT.

Ce n'est point une bête, mais une affaire que j'avois avec un homme.

ARLEQUIN.

Et comment est faite cette affaire?

LE PASSANT.

Mais elle est faite comme un procès. *à part.* Me voilà fort embarrassé pour lui faire comprendre ce que c'est qu'un procès. *haut.* Sçavez-vous que nous avons des Loix dans ce pays?

ARLEQUIN.

Oui.

LE PASSANT.

Ces Loix sont administrées par de gens sages & éclairés.

ARLEQUIN.

Que l'on appelle des Juges, n'est-ce
pas ?

LE PASSANT.

Oui. Or si quelqu'un prend votre bien,
vous le faites citer devant ces Juges, qui
examinent vos raisons & les siennes pour
vous juger; & l'on nomme cela un procès.

ARLEQUIN.

Je comprends à présent ce que c'est.

LE PASSANT.

Il y a dix ans que j'intentai un procès à
un homme qui me devoit cinq cens francs,
& je viens de le perdre, après avoir es-
suyé trente Jugemens différens.

ARLEQUIN.

Et pourquoi donner trente Jugemens
pour une seule affaire ?

LE PASSANT.

A cause des incidens que la chicane fait
naître.   ARLEQUIN.

La chicane ! Qu'est-ce que cela ?

LE PASSANT.

C'est un art que l'on a inventé pour
embrouiller les affaires les plus claires,
qui deviennent incompréhensibles, lorsqu'un Avocat & un Procureur y ont tra-
vaillé six mois.

ARLEQUIN.

Et qu'est-ce qu'un Avocat & un Procureur ?   LE PASSANT.

LE PASSANT.

Ce font des perfonnes inftruites des Loix & de la formalité.

ARLEQUIN.

De la formalité! Je ne fçai pas ce que c'eft.

LE PASSANT.

C'eft la forme & l'ordre dans lequel on doit préfenter les affaires aux Juges pour éviter les furprifes.

ARLEQUIN.

C'eft bon cela; ainfi avec cette forme on ne craint plus de furprife?

LE PASSANT.

Au contraire, c'eft cette même forme qui y donne lieu.

ARLEQUIN.

Et pourquoi?

LE PASSANT.

Parce que c'eft d'elle que la chicane emprunte toutes fes forces pour embrouiller les affaires.

ARLEQUIN.

Mais puifque les Juges font des gens établis pour rendre juftice, pourquoi n'empêchent-ils pas la chicane?

LE PASSANT.

Ils ne le peuvent pas; parce que la chicane n'eft qu'un détour pris dans la Loi, & auquel la forme que l'on a établie pour éviter la furprife a donné lieu.

ARLEQUIN.

Il faut donc que cette Loi & cette forme foient auffi embrouillées que votre
raifon. Mais dis-moi, puifque les Juges
n'ont pas le pouvoir d'empêcher cette in-
juftice, & que vous fçavez que ces Avo-
cats & ces Procureurs embrouillent vos
affaires ; pourquoi êtes-vous fi fots que
de les y laiffer mettre le nez? Par la mort!
fi j'avois un procès, & que ces drôles-là
y vouluffent toucher feulement du bout
du doigt, je les affommerois.

LE PASSANT.

Il n'eft pas poffible de s'en paffer ; ce
font des gens établis par les Loix, par le
miniftere defquels les affaires doivent
être portées devant les Juges ; car il ne
vous eft pas permis de plaider votre caufe
vous-même.

ARLEQUIN.

Et pourquoi ne m'eft-il pas permis ?

LE PASSANT.

Parce que vous n'avez pas étudié les
Loix, & que vous ne fçavez pas la formalité.

ARLEQUIN.

Quoi ! parce que je ne fçai pas l'art
d'embrouiller mon affaire, je ne puis pas
la plaider?

LE PASSANT.

Non.

ARLEQUIN.

Ecoute, je pourrois bien te casser la tête pour prix de ton impudence ; est-ce parce que je t'ai rendu tes cautions que tu veux te moquer de moi ?

LE PASSANT.

Je ne moque point, je ne vous dis que trop la vérité : les Loix sont sages, les Juges éclairés & honnêtes gens ; mais la malice des hommes qui abusent de tout, se sert de l'autorité de la Justice pour soûtenir l'iniquité. Comme il faut continuellement de l'argent, les pauvres ne peuvent faire valoir leurs droits, & les autres s'épuisent,

ARLEQUIN.

Quoi ! vous donniez de l'argent ?

LE PASSANT.

Sans doute ; il le faut toûjours avoir à la main, sans quoi Thémis est sourde, & rien né va.

ARLEQUIN.

Les gens de ce pays ont le diable au corps pour faire argent de tout ; ils vendent jusqu'à la justice.

LE PASSANT.

On la donne quant au fond ; mais la forme coûte bien cher ; & la forme chez nous emporte toûjours le fond ; je me suis epuisé pour soûtenir mon procés, &

je le perds aujourd’hui parce que la forme me manque.

ARLEQUIN.

Et cela te fâche ?

LE PASSANT.

Belle demande !

ARLEQUIN.

Pardi tu es un grand sot ! tu dois en
être bien aise.

LE PASSANT.

Pourquoi ?

ARLEQUIN.

Parce que tu t’es défait d’une mauvaise
chose, que tu serois bien aise d’avoir perdue
il y a dix ans : pour moi je t’assure que si
j’avois un tel meuble, je l’aurois bientôt
jetté dans la riviere. Mais à propos, ne
m’as-tu pas dit que ton procès étoit de
cinq cens francs ?

LE PASSANT.

Oui.

ARLEQUIN.

Je suis bien fâché que tu l’ayes perdu ;
si tu l’avois encore je te prierois de me le
donner, j’irois chercher mon fripon de
Marchand, qui vouloit cinq cens francs
de sa marchandise, & je lui donnerois
ton procès en payement pour le punir de
la piece qu’il m’a faite.

LE PASSANT.

Vous ne pourriez mieux vous venger.

Vos réflexions charment mes ennuis, &
je suis bien fâché que mes affaires m'em-
pêchent de jouir plus long-tems du plaisir de votre conversation. Adieu, Monsieur, puissiez-vous toûjours conserver
cette innocence & cette simplicité.

ARLEQUIN.

Adieu. Si tu es sage, n'aye plus de procès.

SCENE III.

ARLEQUIN.

C'Est une détestable chose qu'un procès! j'ai peur d'en trouver quelqu'un
sous mes pas; mais c'est les biens qui en
sont la cause; Oh, oh ! j'attraperai bien
la chicane & la formalité : je n'aurai rien;
ainsi il n'y aura point d'Avocat ni de
Procureur qui veuille se donner la peine
d'embrouiller mes affaires.

SCENE IV.
FLAMINIA, VIOLETTE, ARLEQUIN.

FLAMINIA.

VOilà notre Sauvage. Où a-t'il pris
cet équipage ?

VIOLETTE.

Bon jour, Arlequin.

ARLEQUIN.

Ah ! bon jour, Violette.   G iij

VIOLETTE.

Vous êtes bien beau.

ARLEQUIN.

Vous me trouvez donc beau comme
cela ?   VIOLETTE.

Assurément.

ARLEQUIN.

J'en suis bien aise. *à part.* Si la tête n'a
pas tourné aux gens de ce pays, je ne suis
qu'une bête.

FLAMINIA.

Tu trouves donc extraordinaire que
l'on te trouve mieux comme cela ?

ARLEQUIN.

Je trouve fort plaisant de me voir si
beau, sans qu'il y aille rien du mien.

FLAMINIA.

Ainsi tu te moques de Violette de dire
que tu es beau ?

ARLEQUIN.

Je ne me moque pas de Violette, parce
que je suis bien aise qu'elle me trouve
beau ; mais je ris de la folie du Capitaine,
qui m'a dit des choses impertinentes,
qu'il veut me faire croire. Par exemple, il
m'a dit, ah, ah, ah, ah !

FLAMINIA.

Et bien, que t'a-t-il dit ?

ARLEQUIN.

Il m'a dit que les jolies gens de ce pays
étoient faits comme me voilà, ah, ah, ah !

FLAMINIA *à part.*

Je ne puis m'empêcher d'en rire aussi.

ARLEQUIN.

Il m'a dit encore, que c'étoient les beaux habits qui faisoient que l'on recevoit bien les gens ; que l'on avoit honte d'aller avec ceux qui n'étoient pas bien propres : ah, ah, ah ! il me croit assez simple pour y ajoûter foi.

FLAMINIA.

Cela est pourtant bien vrai, & les plus honnêtes gens donnent dans ce travers comme les autres : il semble qu'un bel habit augmente le mérite.

ARLEQUIN.

Il n'y a pas un Sauvage, pour bête qu'il fût, qui ne crevât de rire, s'il sçavoit qu'il y a d'honnêtes gens dans le monde, qui jugent du mérite des hommes par les habits.

FLAMINIA.

Il auroit raison.

ARLEQUIN *à Violette.*

Je suis donc beau, comme vous voyez, & tout cela pour vous plaire.

VIOLETTE.

Je vous suis bien obligée de vos soins.

ARLEQUIN.

Ah, ah ! ce n'est pas le tout, & le Capitaine m'a aussi appris les grimaces & les

contorfions qu'il faut faire fous cet habit.
Tenez, voyez fi je fais bien.

Il contrefait le Petit Maître.

FLAMINIA *à part.*

Affurément, voilà un drôle d'original.

VIOLETTE.

Eft-ce là tout ce que le Capitaine t'a
appris ?   ARLEQUIN

Oh que non ; il m'a encore appris à
dire de jolies chofes : écoutez. Mademoifelle, je rends graces à mon heureufe
étoile qui m'a tiré des forêts de l'Améri-
que pour... pour.... des forêts de l'Améri-
que pour...

VIOLETTE.

Eh bien. Pour....

ARLEQUIN.

Pour ne rien dire du tout. Foin de ma
mémoire, j'ai oublié tout ce que j'avois
appris.   VIOLETTE.

J'en fuis bien fâchée, car cela étoit bien
beau.   ARLEQUIN.

Et comment ferai-je donc ?

VIOLETTE.

Je n'en fçai rien en vérité.

ARLEQUIN.

Vous verrez que je ferai obligé de m'en
aller fans vous rien dire.

VIOLETTE.

Quoi ! vous ne fçavez pas me dire que
vous m'aimez ?

ARLEQUIN.

Je vous le dirois bien dans les bois ;
mais ici je suis bête comme un cheval.

FLAMINIA *à part.*

Il est fort plaisant, *haut.* Crois-moi,
Arlequin, laisse-là ces jolies choses, &
dis-lui seulement ce que tu penses, cela
vaudra encore mieux.

ARLEQUIN

Vous avez raison, & je l'aime mieux
aussi ; car j'ai trouvé dans le compliment
que j'ai oublié des choses que je ne pen-
sois pas. Par exemple, il y avoit que je
voudrois mourir pour elle, & cela n'est
pas vrai ; ainsi j'étois fâché de le dire à
Violette, de crainte de la tromper, &
cela fait que je ne suis pas si fâché de l'a-
voir oublié.

FLAMINIA.

Tu viens de dire là de plus jolies choses que toutes celles que l'on pourroit
t'apprendre, & Violette en doit être fort
contente.   VIOLETTE.

Je le suis aussi beaucoup.

ARLEQUIN.

Je puis donc vous épouser sans plus de
cérémonies ?

FLAMINIA.

Il faut avoir du bien pour cela : es-tu
riche ?   ARLEQUIN.

Non : je suis pauvre, à ce que le Capiraine m'a dit ; car je n'en sçavois rien.

FLAMINIA.

Tant pis : mon pere de qui Violette dé-
pend, ne voudra pas te la donner si tu
es pauvre. ARLEQUIN.

Comment faire donc ? écoute , je suis
pauvre, à la vérité ; mais je ne vais rien
faire , & pour tout le bien du monde
je n'irois pas d'ici là : cela n'est - il pas
bon pour le mariage ?

FLAMINIA.

Non assurément : de quoi nourriras-tu
ta femme ?

ARLEQUIN.

Je partagerai avec elle ce que le Capitaine me donnera.

FLAMINIA.

Mais de quoi l'habilleras-tu, si tu n'as
point d'argent, & si tu n'en veux pas gagner ? ARLEQUIN.

Te voilà bien embarassée : elle ira toute nuë. VIOLETTE.

Fi donc !

ARLEQUIN.

Eh bien je te donnerai mes habits , &
j'irai nud , moi.

FLAMINIA.

Cela n'est pas permis ici , & l'on te
mettroit aux Petites-Maisons.

ARLEQUIN.

Tant mieux, je les aime mieux que les

grandes, où je me perds toûjours, & cela m'ennuie.

FLAMINIA.

Oui : mais les Petites-Maisons sont des
endroits où l'on ne met que les foux.

ARLEQUIN.

C'est bien plûtôt dans les grandes que
vous les mettez : n'y a-t-il pas de la folie
de bâtir un Village entier pour un seule
personne ? FLAMINIA.

Tu as raison, mais avec tout cela, on
ne te donnera pas Violette si tu n'as rien.

ARLEQUIN.

Ah ! les vilaines gens que ceux de ton
pays : écoute, Violette, m'aimes-tu ?

VIOLETTE.

Oui.

ARLEQUIN.

Eh bien, viens-t'en avec moi, je te me-
nerai dans un pays où nous n'aurons pas
besoin d'argent pour être heureux, ni de
Loix pour être sages : notre amitié fera
tout notre bien, & la raison toute notre
Loi : nous ne dirons pas de jolies choses,
mais nous en ferons.

FLAMINIA.

J'aime trop Violette pour la laisser aller;
mais ne te mets pas en peine : je n'aime
pas le bien, moi, & je ferai en sorte que
l'on te donne Violette malgré ta pauvreté.

ARLEQUIN.

Me le promettez-vous?

FLAMINIA.

Oui.

ARLEQUIN.

Es-tu sujette à caution comme les autres? FLAMINIA.

Non, tu peux te fier à ma parole.

ARLEQUIN.

Je le crois, puisque tu n'aimes pas le bien ; car il n'y a que ceux qui préférent l'argent à leurs amis qui aient besoin de cautions. *Violette laisse tomber un miroir qu'Arlequin ramasse; il s'y voit & croit d'abord que c'est encore un portrait.* Ah, ah! tu portes aussi des hommes en poche : il est bien joli celui-là , il remuë. *Arlequin diverti par les mouvemens de l'homme qu'il croit voir, fait cent postures bizarres.* Ah, ah, ce drôle-là est boufon. *Il continuë à faire des grimaces.* Pardi voilà un plaisant original, regarde un peu, Violette, il se moque de moi. *Violette regarde, & Arlequin surpris de la voir dans le miroir , marque son étonnement dans tous ses mouvemens.* Oh! est-ce que tu es double? te voilà dans deux endroits tout à la fois.

VIOLETTE.

C'est ma figure.

ARLEQUIN.

Mais comment diable est-elle venue là ?

VIOLETTE.

Ah, ah, ah, ah!

ARLEQUIN.

Regarde, regarde, elle rit auſſi; ah, ah, ah!
& cette autre auſſi; ah, ah, ah ! *Violette &
Arlequin rient, & les ris d'Arlequin aug-
mentent à méſure qu'il ſe voit rire.* Pardī
voilà les plus drôles de corps que j'aie vû;
ils font tous comme nous. Baiſons-nous
un peu, pour voir s'ils ſe baiſeront auſſi.
Il la baiſe.   FLAMINIA.

Voilà une plaiſante ſcene ?

ARLEQUIN.

Vois, vois, comme ils ſe baiſent: ah, ah,
ah ! *Il regarde derriere le miroir pour voir
où ils ſont.*   FLAMINIA.

Que cherches-tu ?

ARLEQUIN.

L'endroit où ces gens-là ſont; il eſt
auſſi grand que celui-ci, & cependant je
ne puis voir ſa place. *Il regarde encore
dans le miroir, & n'y voyant plus Violette.*
Ah ! où diable eſt allé cette fille qui te
reſſembloit.

FLAMINIA.

Je veux t'expliquer la choſe. On nomme
cela un miroir: c'eſt un ſecret que nous
avons pour nous voir; car ce que tu vois
n'eſt que ton image que cette glace ré-
fléchit: & il en fait de même de toutes
les choſes qui lui ſont préſentées.

ARLEQUIN

Voilà un fort beau secret ! mais dis-moi,
puisque vous sçavez faire de ces miroirs,
que n'en faites-vous qui repréfentent votre ame & ce que vous penfez ? ceux-là
vaudroient bien mieux ; car je pourrois
voir dedans fi Violette ne me trompe
pas, lorfqu'elle me dit qu'elle m'aime.

FLAMINIA.

Effectivement de tels miroirs feroient
beaucoup plus utiles.

ARLEQUIN.

Sans doute, & fi j'en avois eu un lorfque
mon fripon de Marchand eft venu pour
m'attraper, je l'aurois regardé dedans, &
connoiffant fes mauvais deffeins, je n'en
aurois pas été la dupe.

VIOLETTE.

Cela feroit bien néceffaire.

SCENE V.

PANTALON, FLAMINIA, VIOLETTE, ARLEQUIN,

FLAMINIA.

AH ! mon pere, fi vous étiez venu
un moment plûtôt, vous vous feriez
bien diverti de la furprife d'Arlequin à
la vûe d'un miroir & de fes effets ; il nous
a donné la comédie.

PANTALON.

Je suis bien fâché de ne m'y être pas trouvé. Les plaisirs naissent ici sous vos pas ; Mario vous en prépare de nouveaux dans une fête galante qu'il vous donne : elle va paroître, je vous prie de faire les choses de bonne grace.

FLAMINIA.

Il sera content de ma politesse.

PANTALON.

Voici la fête.

L'HYMEN, L'AMOUR. *Troupe de Jeux & de Plaisirs. Lélio & Mario sont déguisés à la suite.*

L'AMOUR.

Mon frere, à la fin vous ruinerez votre empire, pour y vouloir engager trop de monde sans moi. Croyez une fois mes conseils : laissez la fortune & les vains brillans dont vous séduisez les ames plûtôt que vous ne les gagnez, & ne recevez point de cœurs sous vos loix, si l'Amour même ne vous les livre.

L'HYMEN.

Il est vrai que je le devrois, mais c'est votre faute & non la mienne. Je ne refuse point les cœurs que vous me présentez : depuis long-tems vous êtes conjuré contre mon empire, & les feux que vous allumez ne tendent qu'à me détruire.

L'Amour.

Finiſſons aujourd'hui nos débats en faveur de Flaminia : elle doit entrer ſous
vos loix, je vous offre tous mes feux pour
elle : je la bleſſai autrefois du plus doux
de mes traits en faveur de Lélio, vous lui
deſtinez Mario : pour accorder notre différend ſur cela, ſouffrez que je lui préſen-
te les cœurs de l'un & de l'autre, & te-
nons-nous à ſon choix.

L'Hymen.

À cette condition je conſens de me
raccommoder ſincerement avec vous.

L'Amour *à Flaminia*.

Je vous offre ces cœuts, charmante
Flaminia : ils ſont tous les deux dignes de
vous ; Mario eſt tendre & riche à la fois,
Lélio n'a pour tout bien que les ſentimens
purs & ſinceres que je lui ai inſpirés pour
vous : choiſiſſez, l'Amour & l'Hymen ne
veulent aujourd'hui vous engager que par
votre propre choix.

Flaminia.

Je vois bien charmant Amour, que
vous favoriſez ſecrettement Lélio, puiſque
vous employez la pitié que ſes malheurs
exigent de mon cœur, pour animer encore mes ſentimens pour lui.

Pantalon.

Songez, Flaminia, à la ſoumiſſion que
vous

vous devez avoir pour mes volontés, &
que c'est Mario qui vous donne cette fête.

FLAMINIA.

Je ne perds point de vûe mes devoirs,
mais je sçai que tout est réciproque entre
les peres & les enfans, comme entre le
reste des hommes : il est sans doute juste que les enfans respectent leur pere en
tout, mais il n'est pas moins juste que les
peres bornent leur autorité sur leurs enfans, dans les bornes d'une exacte équité,
& qu'ils ne la poussent pas jusqu'à les
sacrifier à leurs préventions.

PANTALON.

Ce n'est point vous sacrifier, que de
vouloir vous rendre heureuse.

FLAMINIA.

Vous croyez me rendre heureuse, & moi
je dis le contraire ; ainsi vous & moi sommes parties, il n'y a qu'un tiers qui puisse
en décider ; choisissons-en un.

PANTALON.

Ce seroit un plaisant arbitrage !

FLAMINIA.

Qu'Arlequin nous juge.

PANTALON.

Voilà assurément un Juge bien grave !

FLAMINIA.

Ecoutons-le, cela ne coûte rien.

PANTALON.

Tu es folle.

FLAMINIA.

Il aime la vérité & la dit toûjours lorsqu'il la connoît : il ne faut que lui bien expliquer la chose, & je suis assurée qu'il décidera sainement.

PANTALON.

Voyons.

FLAMINIA.

Ecoute, Arlequin, j'aime un Amant depuis long-tems, mon pere m'avoit promis de me le donner, il étoit riche lorsque je commençai à l'aimer, aujourd'hui il est pauvre ; dois-je l'épouser quoiqu'il n'ait point de bien ?

ARLEQUIN.

Si tu n'aimois que son bien, tu ne dois pas l'épouser, parce qu'il n'a plus ce que tu aimois ; mais si tu n'aimes que lui, tu dois l'épouser, parce qu'il a encore tout ce que tu aimes.

FLAMINIA.

Oui : mais mon pere qui vouloit me le donner quand il étoit riche, ne le veut plus aujourd'hui qu'il est pauvre.

ARLEQUIN.

C'est que ton pere n'aimoit que son bien.

FLAMINIA.

Et il veut m'en donner un autre qui est

riche, que je ne puis aimer, parce que
j'aime toûjours le premier.

ARLEQUIN.

Et cela te fâche ?

FLAMINIA.

Sans doute.

ARLEQUIN.

Ecoute : fais perdre encore à celui-ci
son bien, & ton pere ne te le voudra
plus donner.

FLAMINIA.

Cela n'est pas possible : Que dois je
donc faire : obéirai-je a mon pere en prenant celui que je n'aime point, ou lui dé-
sobéirai-je en prenant celui que j'aime ?

ARLEQUIN.

Te maries-tu pour ton pere ou pour toi?

FLAMINIA.

Je me marie pour moi seule, apparemment.

ARLEQUIN.

Et bien prens celui que tu aimes, &
laisse dire ce vieux fou.

PANTALON.

Le Juge & la fille sont deux imperti-
nens. Taisez-vous.

FLAMINIA.

Je ne lui ai pas dit ce qu'il vient de
me dire ; mais au terme de si u près, c'est
là nature & la raison toutes sim lepquii

H ij

s'expliquent par fa bouche.

PANTALON.

La nature & la raifon ne fçavent ce
qu'elles difent, vous n'êtes qu'une fotte ;
on ne vit pas de fentimens, il faut du bien
dans le mariage.

MARIO.

Ne vous emportez pas, Monfieur, les
fentimens de Mademoifelle font auffi
beaux, que le jugement d'Arlequin eft
raifonnable, & vous devez vous rendre
à fes vœux : quoiqu'ils me foient con-
traires, je ne les approuve pas moins, &
je vous demande comme une preuve de
l'amitié dont vous m'honorez, d'être fa-
vorable à Lélio.

PANTALON.

Vous prenez, Monfieur, votre parti
en galant homme, & moi je fçaurai le
prendre en pere fage, & qui fçait ce qui
convient à fa fille.

MARIO.

Voici un homme qui vous rendra plus
traitable. *Il lui préfente Lélio.*

LÉLIO

S'il n'y a, Monfieur, que les bruits de
ma mauvaife fortune qui vous aient indif-
pofé contre moi, il eft facile de les détruire : je fuis plus riche que je n'ai jamais
été ; & fi d'ailleurs vous ne me jugez pas

indigne de votre alliance, ma fortune ne
mettra point d'obstacle à ma félicité.

PANTALON.

Il n'est donc pas vrai que vous êtes
ruiné ?

LÉLIO.

Non, Monsieur : un naufrage que j'ai
fait sur les côtes d'Espagne a donné lieu
à ces bruits ; vous pouvez, lorsque vous
voudrez, approfondir la vérité.

PANTALON.

Je me rends, ma fille a raison.

LÉLIO.

Permettez, charmante Flaminia, que je
vous marque ma reconnoissance à vos
pieds.

FLAMINIA.

Levez-vous, Lélio, je suis si saisie, que
je n'ai pas la force de vous répondre.

PANTALON.

Je vous demande pardon Seigneur Lélio, de l'injustice que je vous faisois ; ou-
bliez la, & recevez ma fille pour gage de
notre amitié.

ARLEQUIN.

A ce que je vois, les Amans valent
mieux ici que les autres : ils sont plus
naturels. Ecoutez, vous trouvez donc
mon jugement bon ?

94 ARLEQUIN

MARIO.

Des meilleurs, mon cher Arlequin.

ARLEQUIN.

Je connois que tout ce que les Loix
peuvent faire de mieux chez vous, c'est
de vous rendre auſſi raiſonnables que
nous ſommes, & que vous n'êtes hommes qu'autant que vous nous reſſemblez.

FLAMINIA.

Tu as raiſon.

ARLEQUIN.

Vous voyez que j'aime Violette comme vous aimez Lélio, c'est-à-dire, ſans
ſonger à l'argent; donnez-la moi.

FLAMINIA.

Je le veux, ſi Violette y conſent.

VIOLETTE.

Mais, il eſt bien joli.

LÉLIO.

Je t'entends : je me charge de vous
rendre heureux.

MARIO.

Allons, qu'on ne parle plus ici que de
plaiſirs.

*Les Jeux & les Plaiſirs font un Ballet,
après lequel on chante les Vers ſuivans.*

SAUVAGE.

AIR.

LEs pompeux nuages
De nos vanités,
Dans tous nos usages
Nous rendent sauvages ;
Et des lueurs de vérité
Font tout le lustre de nos Sages.
Du noir abysme des erreurs,
S'élevent de brillans mensonges :
Leur vif éclat séduit nos cœurs,
Sous le nom de vertus nous consacrons des son-
ges.

Vaudeville.

VOus achetez vos Maîtresses ;
Chez vous sans or, point d'amour ;
On y vend jusqu'aux tendresses.
Tandis que les ours,
Dans les antres sourds,
Donnent leurs caresses.

On voit ici la plus belle
Cacher ses traits sous le fard,
Mais la Guenon naturelle,
Sans rouge, sans art,
Au singe camard
Ne plaît que par elle.

ARLEQUIN SAUVAGE.

❋

Laiſſez le rouge des femmes,
Il ne produit point d'erreurs ;
Blâmez le fard de vos ames,
Qui maſquant vos cœurs,
Les rends plus trompeurs
Que le fard des Dames.

❋

Au Paterre.

Je ne cherche qu'à vous plaire ;
Et j'en fais tout mon objet ;
Si mon diſcours trop ſincere
Fait mauvais effet,
Parlez, s'il vous plaît,
Je ſçaurai me taire.

FIN.

APPROBATION.

J'Ai lu par l'ordre de Monſeigneur le Garde des Sceaux, *le nouveau Theatre Italien :* j'ai examiné en particulier les différentes Piéces qui le compoſent, & je n'y ai rien trouvé qui puiſſe en empêcher l'impreſſion. Fait à Paris le 3. Novembre 1728.

DANCHET.